14. Auflage 2023
© Annette Betz in der Ueberreuter Verlag GmbH, Berlin 2014
ISBN 978-3-219-11280-1
Erstausgabe © Annette Betz Verlag im Verlag Carl Ueberreuter, Wien – München 2007
ISBN 978-3-219-11280-1

Layout, Umschlag- und Innenillustrationen: Laurence Sartin
Druck und Bindung: Grafisches Centrum Cuno, Calbe

www.annettebetz.de

Hertha Kratzer

# Die Nibelungen

Mit Illustrationen von Laurence Sartin

annette betz

Es war einmal ein König und eine Königin, die hatten drei Söhne und eine Tochter. Die Söhne hießen Gunther, Gernot und Giselher, die Tochter hieß Kriemhild und war sehr schön. Sie lebten in Worms am Rhein im Königreich Burgund.

Nach dem Tod seines Vaters wurde Gunther, der Älteste, König.

In seiner Burg am Rhein lebte auch Hagen von Tronje, ein starker und mächtiger Mann. Er war der wichtigste und zugleich treueste Ratgeber des jungen Königs.

Viele Könige und Fürsten reisten nach Worms und baten die schöne Kriemhild, ihre Frau zu werden. Aber sie waren ihr zu alt, zu hässlich oder nicht klug genug. Sie wollte keinen von ihnen.

Eines Tages träumte Kriemhild einen bösen Traum. Ihr Lieblingsvogel, ein schöner, starker Falke, wurde von zwei Adlern zerrissen.
Mit Tränen in den Augen erzählte Kriemhild ihrer Mutter, was sie geträumt hatte.
»Ich weiß, was dein Traum bedeutet«, sagte die alte Königin. »Du wirst einen edlen Mann kennenlernen und ihn sehr lieben, mehr als deine Eltern und Geschwister und mehr als deinen Falken. Du wirst ihn heiraten, aber zwei Männer werden ihn töten wollen. Möge Gott ihn behüten.«
»Wenn das so ist«, sagte Kriemhild und stampfte mit dem Fuß auf, »dann will ich nie heiraten. Ich bleibe lieber allein.«

Bald darauf kam ein junger Königssohn nach Worms. Er hieß
Siegfried und stammte aus Xanten am Rhein. Seine blonden Haare
fielen ihm bis auf die Schultern und seine Augen waren blau wie der
Himmel. Er war der Sohn des Königs und der Königin der Niederlande.
Schon als Kind lief Siegfried schneller als ein Hase, sprang weiter als
ein Hirsch und schwamm besser als ein Fisch. Er war so stark, dass
er im Wettkampf alle seine Gegner besiegte. Da beschloss er, in die
Welt zu ziehen und seine Kräfte in der Fremde zu erproben.
In einem Wald kam er zu einer Hütte, aus deren Fenstern Feuerschein
leuchtete. Es war die Werkstatt des Schmiedemeisters Mime.
Siegfried knurrte der Magen.
»Habt ihr etwas zu essen?«, fragte er.
»Wer nicht arbeitet, braucht auch nicht zu essen«, bekam er als
Antwort.
»Dann will ich arbeiten«, sagte Siegfried.
»Gut«, sagte der Meister, »zeig, was du kannst!«

Zwei Schmiedegesellen schleppten den schwersten Hammer herbei, den sie finden konnten. Siegfried nahm ihn wie ein Spielzeug und ließ ihn auf den Amboss niedersausen. Das glühende Eisen, das darauf gelegen hatte, flog in die Luft und sprühte Funken. Und wo der Amboss gewesen war, gähnte ein Loch. So tief hatte ihn Siegfried in die Erde gerammt.

Der Königssohn blieb und schmiedete bald die schärfsten Schwerter. Das machte die Gesellen neidisch. Der Schmiedemeister wollte keinen Ärger und schickte Siegfried zum Köhler, um Holzkohle zu holen.

»Am Waldrand kreuzen sich zwei Wege, einer führt nach rechts, der andere nach links. Du musst links gehen«, sagte er zu Siegfried. »Dann kommst du zum Köhler.«

Siegfried ging den Weg, der nach links führte, und kam bald in eine schaurige dunkle Schlucht. Da stürzte sich ein grässliches Ungeheuer, ein Feuer speiender Drache, auf ihn und wollte ihn fressen.
Schnell wie der Blitz zog Siegfried sein Messer und stieß es dem Drachen ins Herz. Das Blut des Ungeheuers schoss aus der Wunde wie ein Springbrunnen und bildete einen kleinen Teich.

Als Siegfried merkte, dass ein Spritzer vom Blut des Drachen auf
seiner Hand die Haut ganz hart gemacht hatte, zog er sich aus und
badete im Drachenblut. Nun bekam sein Körper eine neue Haut,
die so hart war wie Horn. Kein Schwert konnte sie durchdringen.
Nur an einer einzigen Stelle war der Drachentöter noch verwundbar.
Während er badete, war nämlich ein Lindenblatt zwischen seine
Schulterblätter gefallen. Dort blieb seine Haut weich und verletzlich.

Siegfried ging zurück zur Kreuzung und nahm den Weg nach rechts.
Da kam er in ein Zauberland, in das Nibelungenland.

Dort sah er Zwerge, die Gold und Edelsteine aus einer dunklen Höhle
schleppten. Zwei hatten Kronen auf dem Kopf. Der eine war König
Nibelung, der andere König Schilbung.

»Das ist der Schatz der Nibelungen«, sagte Schilbung zu Siegfried,
»er gehört mir und meinem Bruder Nibelung. Hilf uns, ihn zu teilen.«

»Als Lohn bekommst du Balmung, ein Schwert, das so scharf ist wie
sonst keines auf der Welt«, sagte Nibelung und reichte Siegfried ein
blitzendes Schwert.

Siegfried begann, den Schatz gerecht zu teilen, aber die Brüder stritten.
Jeder glaubte, der andere hätte mehr bekommen. Als beide Siegfried
beschimpften, schlug er ihnen mit Balmung die Köpfe ab.

Doch gleich darauf spürte er, wie ihm etwas auf den Rücken sprang und ihn zwei kleine Hände erwürgen wollten. Wütend hieb er um sich, konnte aber niemanden sehen. Plötzlich hielt er eine Kappe in der Hand und ein Zwerg lag ihm zu Füßen. Es war Alberich, der Schatzhüter, und die Kappe war eine Tarnkappe, die jeden, der sie trug, unsichtbar und stark wie zwölf Männer machte.

»Ich wollte den Tod der Könige rächen«, sagte Alberich, »aber wenn du mich leben lässt, werde ich den Nibelungenschatz, der jetzt dir gehört, genauso hüten wie früher.«

»Abgemacht!«, sagte Siegfried und befahl, den Schatz gleich wieder in die Höhle zu schaffen. Er nahm die Tarnkappe und sein Schwert und ging heim zu Vater und Mutter.

Er besaß jetzt den Nibelungenschatz, das Schwert Balmung, die Tarn-kappe und eine Haut, die hart wie Horn war. Aber er hatte keine Frau. Als er von der Schönheit der Königstochter Kriemhild hörte, dachte er: Wenn sie wirklich so schön ist, wie man sagt, soll sie meine Frau werden. Ich will sie mir ansehen.

Siegfried ritt nach Worms am Rhein. Als der König der Burgunden
ihn im Burghof begrüßte, forderte Siegfried ihn heraus: »Ich bin
Siegfried von Xanten, ein Königssohn. Machen wir einen Zweikampf.
Wenn ich verliere, bekommt Ihr das Königreich der Niederlande.
Wenn ich gewinne, bekomme ich Euer Königreich und Eure Schwester
Kriemhild zur Frau. Aber nur, wenn sie mir gefällt.«
König Gunther wunderte sich über diesen Vorschlag, aber weil er
keine Lust auf einen Kampf hatte, sagte er: »Sei unser Gast. Später
werden wir entscheiden, ob wir kämpfen wollen oder nicht.«

Kriemhild, die den schönen Fremden vom Fenster aus beobachtete, klopfte das Herz. Noch nie hatte sie einen schöneren Mann gesehen und verliebte sich auf den ersten Blick in ihn. Als Siegfried Kriemhild zum ersten Mal sah, dachte er: Auf der ganzen Welt kann es wohl kein schöneres Mädchen geben, und auch er verliebte sich augenblicklich. Bald darauf fielen Feinde in Burgund ein. Aber mit Siegfried als Anführer jagten die Burgunden sie aus dem Land.

»Was willst du als Lohn?«, fragte Gunther Siegfried nach der Schlacht.

»Die Hand Eurer Schwester. Ich liebe sie schon lange!«, entgegnete er.

»Gut«, sagte Gunther, »wenn sie dich auch liebt, soll sie deine Frau werden.« Da fielen sich Siegfried und Kriemhild in die Arme und küssten sich. Als Gunther nun sah, wie glücklich die beiden waren, sagte er: »Ich möchte auch heiraten.«

»Wen denn?«, fragte Kriemhild.

»Brünhild, die schöne Königin von Island«, sagte Gunther.

Hagen und Siegfried erschraken, als sie den Namen der Königin hörten.
»Sie ist wunderschön und grausam«, meinte Siegfried.
Und Hagen sagte: »Jeder, der um ihre Hand anhält, muss sie im
Wettkampf besiegen. Wenn er verliert, lässt sie ihn und seine Begleiter
töten. So ist es schon vielen Helden ergangen.«
Aber der König hatte es sich in den Kopf gesetzt, Brünhild zu seiner
Frau und zur Königin von Burgund zu machen.
»Wenn du mir hilfst, werde ich sie besiegen und wir feiern Doppel-
hochzeit«, sagte er zu Siegfried.
»Abgemacht! Also fahren wir nach Island«, sagte Siegfried.
Sie ließen ein prächtiges Schiff ausrüsten und zogen ihre schönsten
Kleider an. Dann fuhren sie mit großem Gefolge den Rhein hinab
und hinaus aufs weite Meer nach Island.

Königin Brünhild war groß und stark und noch viel schöner, als Gunther sie sich vorgestellt hatte. Sie begrüßte Siegfried freundlich, weil sie glaubte, er würde um sie werben. Den König von Burgund, der bei ihrem Anblick vor Schreck blass geworden war, sah sie bloß verächtlich an.

»Keine Sorge«, flüsterte Siegfried Gunther zu, »ich werde sagen, dass ich nur Euer Dienstmann bin und Ihr, der König von Burgund, sie zur Frau begehrt.«

Als Brünhild das gehört hatte, sagte sie zu Gunther: »Wisst Ihr auch, dass Ihr sterben müsst, wenn ich Euch im Wettkampf besiege? Auch Euer Dienstmann und Euer Gefolge werden sterben. Überlegt es Euch gut! Es ist besser, Ihr fahrt wieder nach Hause.«

Gunther schüttelte den Kopf. »Wenn ich gegen Euch verliere, will ich gerne sterben.«

»Wir werden sehen, wer stärker ist«, sagte Brünhild. »Ihr müsst mich im Speerwerfen und im Weitsprung besiegen. Und Ihr müsst einen Stein weiter werfen als ich. Aber nichts davon wird Euch gelingen.«

»Ich will es wagen!«, sagte Gunther.

Als drei Männer einen zehn Meter langen Speer und einen riesigen Felsbrocken herbeischleppten, zitterten ihm die Knie.

Wo ist Siegfried?, dachte er verzweifelt. Er hat doch versprochen, mir zu helfen.

Da hörte er eine leise Stimme: »Keine Angst, ich bin bei Euch. Ich trage die Tarnkappe und bin unsichtbar. Ihr müsst Euch nur genau so bewegen, als würdet Ihr den Speer und den Stein werfen und springen, in Wirklichkeit werde ich es tun.«

Und als Brünhild mit ungeheurer Kraft den Speer schleuderte, hielt Siegfried mit eiserner Faust Gunthers Schild fest und der Speer blieb stecken. Gunther wankte, aber er blieb stehen und Brünhild wurde ganz rot vor Zorn.

Der unsichtbare Siegfried zog den Speer aus Gunthers Schild und
schleuderte ihn gegen Brünhilds Schild. Der Wurf war so gewaltig,
dass die Königin taumelte und stürzte. Doch rasch stand sie wieder
auf, packte voll Wut den Felsen und warf ihn fünfundzwanzig Meter
weit. Dann nahm sie Anlauf und sprang noch weiter, als sie geworfen
hatte. Höhnisch sagte sie zu Gunther: »Nun seid Ihr dran, König!«
Wieder war es Siegfried, der den Felsbrocken aufhob, während Gunther
es nur vortäuschte. Der Wurf war weiter, als Brünhild gesprungen war.
»Und jetzt lauft, so schnell Ihr könnt«, flüsterte Siegfried Gunther ins
Ohr. Dann packte er ihn und schleuderte ihn durch die Luft. Als der
König auf die Erde fiel, war sein Sprung viel weiter als der Brünhilds.
Die Königin war bleich wie der Tod, als sie sprach: »König Gunther
von Burgund, Ihr habt gesiegt. Nun muss ich Eure Gemahlin werden.«

Viel Volk war nach Worms gekommen, um bei der Hochzeit
Gunthers mit Brünhild und Siegfrieds mit Kriemhild dabei zu sein.
Gaukler zeigten Kunststücke, Bärentreiber ließen Bären tanzen und
Zauberer zauberten den Leuten das Geld aus der Tasche. Es war ein
prächtiges Fest!
Als die Hochzeitspaare beim Mahl saßen, strahlte Kriemhild vor
Glück, denn sie liebte Siegfried. Brünhild blickte wie versteinert, denn
sie liebte Gunther nicht. Wenn sie ihn ansah, dachte sie: Wieso hat mich
dieser Schwächling besiegen können? Wieso gelang ihm, was noch
keinem gelungen ist? Als Gunther am Abend in Brünhilds Zimmer kam
und sie küssen wollte, stieß sie ihn zurück. Gunther rang mit ihr, doch
sie war stärker. Sie nahm ihren Gürtel, schnürte ihm Hände und Füße
zusammen und hängte ihn wie ein Bündel an einen Haken an der Wand.
Dort hing der König bis zum Morgen.

Verzweifelt erzählte Gunther am nächsten Morgen seinem Schwager, was ihm Brünhild angetan hatte.

»Einmal helfe ich dir noch«, sagte Siegfried.

Am Abend setzte er sich die Tarnkappe auf und schlich unsichtbar hinter Gunther in Brünhilds Zimmer. Er löschte die Fackel und in der Finsternis glaubte die Königin, Gunther wolle sie umarmen. Doch der hatte sich versteckt. Brünhild wehrte sich und Siegfried rang mit ihr, bis sie besiegt auf ihr Lager fiel. Dann schlich Siegfried davon und überließ sie ihrem Gemahl. Brünhilds Gürtel und einen Ring, den er ihr im Kampf vom Finger gestreift hatte, nahm er mit.

Später schenkte er beides Kriemhild.

Bald nach der Hochzeit fuhren Siegfried und Kriemhild nach Xanten am Niederrhein, wo sie als König und Königin der Niederlande sehr glücklich und zufrieden lebten.

Eines Tages wollten sie Gunther und Brünhild besuchen und reisten nach Worms.

Bei einem Wettkampf, den Siegfried gewann, sagte Kriemhild stolz zu Brünhild: »Mein Gemahl ist doch der strahlendste aller Ritter! Er ist unbesiegbar und gewinnt jeden Kampf.«

»Mag sein«, sagte Brünhild, »aber er ist doch nur ein Dienstmann, ein Dienstmann des Königs von Burgund, meines Gemahls.«

»Was redest du da? Siegfried ist König der Niederlande!«

»Er selbst hat mir in Island gesagt, dass er der Dienstmann des Königs von Burgund ist.«

»Du lügst!«, schrie Kriemhild zornig und lief davon.

Am nächsten Morgen gingen Brünhild und Kriemhild prächtig
gekleidet mit ihrem Gefolge zum Dom zur Messe. Vor dem Tor sagte
Brünhild zu Kriemhild: »Ich betrete den Dom vor dir, denn ich bin
eine Königin, du aber bist nur die Frau eines Dienstmanns.«
Sie wollte an Kriemhild vorbeischreiten, doch da rief diese so laut,
dass alle es hören konnten: »Bilde dir ja nichts ein! Wenn du glaubst,
Gunther hätte dich im Wettkampf und in der Nacht deiner Hochzeit
besiegt, irrst du. Er war es nicht, Siegfried war es, mein Gemahl!«
Zum Beweis dafür warf sie den Gürtel und den Ring, den Siegfried
Brünhild abgenommen hatte, der Königin vor die Füße.
Brünhild war starr vor Schreck. Dann brach sie weinend zusammen.

Die Königin von Burgund war tödlich beleidigt und der König stand als Schwächling da.

»Ich werde Euch rächen«, sagte Hagen zur Königin.

»Dann müsst Ihr Siegfried töten«, verlangte Brünhild.

Hagen ging darauf zum König.

»Mein König«, sagte er, »Ihr und Eure Gemahlin werdet verspottet. Diese Schande schreit nach Rache. Erlaubt mir, Siegfried zu töten.«

König Gunther sagte kein Wort. Aber er nickte.

Bald danach ließ Hagen die Nachricht verbreiten, es werde Krieg geben, und er überredete Siegfried, mit in die Schlacht zu ziehen.

Dann ging er zu Kriemhild, die unter Tränen Siegfrieds Streitgewand aus dem Schrank nahm.

»Ihr müsst Euch doch keine Sorgen machen«, sagte er tröstend. »Euer Gemahl ist ja unverwundbar.«

»Ach nein«, sagte Kriemhild, »während er im Drachenblut badete, fiel ein Lindenblatt zwischen seine Schulterblätter, dort ist seine Haut weich und verletzlich geblieben.«

»Ich werde ihn beschützen«, versprach Hagen. »Ihr müsst mir nur diese Stelle kennzeichnen.«

Und Kriemhild stickte mit blutroter Seide ein Kreuz auf Siegfrieds Streitgewand, genau dort, wo ihr Gemahl verwundbar war.

Plötzlich hieß es, die Feinde hätten sich überraschend zurückgezogen,
es gäbe keinen Krieg.

»Dann wollen wir auf die Jagd gehen«, schlug Hagen vor, »das ist
lustiger als eine Schlacht.«

Nach der Jagd waren alle durstig.

»Ich weiß eine Quelle, wo wir trinken können«, sagte Hagen.

Als Siegfried sich niederbeugte, um zu trinken, sah Hagen das blutrote
Kreuz, das Kriemhild gestickt hatte. Er nahm seinen Speer und stieß
ihn dem Drachentöter in den Rücken. Tot sank Siegfried nieder und
sein Blut färbte das Gras und die Blumen rot.

Kriemhild weinte um Siegfried sieben Tage und sieben Nächte
lang. Dann hatte sie keine Tränen mehr.

»Die Stunde wird kommen, in der ich dich rächen werde«, schwor sie
ihrem toten Gemahl.

Dann ließ sie den ganzen Nibelungenschatz aus dem Nibelungenland
nach Worms schaffen und die Burgunden nannten sich von nun an
Nibelungen.

Als Kriemhild begann, den Schatz unter die Armen zu verteilen,
fürchtete Hagen, sie könnte mit ihren Geschenken Freunde anstiften,
den Mord an Siegfried zu rächen. Heimlich beschaffte er sich den
Schlüssel zur Schatzkammer und warf den Schatz in den Rhein.

»Lieber sollen die Nixen und Fische mit dem Gold und Geschmeide
spielen, als dass Kriemhild damit Unheil anrichtet«, sagte er.

Eines Tages kam Markgraf Rüdiger von Bechelaren als Bote des mächtigen Hunnenkönigs Etzel aus Ungarn nach Worms.

»Mein Herr, der König der Hunnen, bittet Euch, seine Frau zu werden«, sagte er zu Kriemhild.

Sie überlegte lange, dann sprach sie: »Markgraf, wenn Ihr schwört, mir in der Fremde beizustehen und jedes Leid, das mir angetan wird, zu rächen, will ich gerne König Etzels Gemahlin werden.«

Der Markgraf hob die Hand zum Schwur. »Ich schwöre es.«

In Wien hielten Kriemhild und König Etzel, der seiner zukünftigen Gemahlin entgegengeritten war, Hochzeit. Dann fuhren sie auf einem prachtvollen Schiff auf der Donau nach Ungarn zur Etzelburg.

Der König liebte seine Frau über alles, und als sie einen Sohn zur Welt brachte, der Ortlieb getauft wurde, war Etzel überglücklich.

In Kriemhilds Herzen aber brannten immer noch die Liebe zu Siegfried und der Hass auf seinen Mörder. Doch davon ahnte König Etzel nichts. Als Kriemhild ihn eines Tages bat, doch ihre Verwandten nach Ungarn einzuladen, freute er sich, ihr diesen Wunsch zu erfüllen.

Vergebens warnte Hagen, der Böses ahnte, die Nibelungen vor dieser Fahrt. Doch Kriemhilds Brüder freuten sich auf ein Wiedersehen mit ihrer Schwester und so zogen sie mit großem Gefolge zur Etzelburg. Kriemhild umarmte ihren jüngsten Bruder Giselher herzlich, die anderen begrüßte sie eisig und Hagen sah sie nur hasserfüllt an.

Der Hunnenkönig gab zu Ehren seiner Gäste ein Festmahl, an dem auch der kleine Ortlieb teilnahm. Plötzlich wurde die Tür aufgerissen, bewaffnete Hunnen stürmten herein und fielen über die Gäste her. Die Königin Kriemhild hatte den Überfall befohlen.

Da nahm Hagen voll Zorn sein Schwert und schlug Ortlieb den Kopf ab. Darauf entbrannte ein furchtbarer Kampf, der den eingedrungenen Hunnen den Tod brachte.

Nur Etzel und Kriemhild blieben verschont.

Die Königin ging zu Markgraf Rüdiger und sprach: »Ihr habt mir einst Rache geschworen, wenn mir ein Leid angetan wird. Hagen hat meinen Mann Siegfried und meinen Sohn Ortlieb getötet. Ruft die tapfersten Hunnen zusammen und tötet Hagen.«

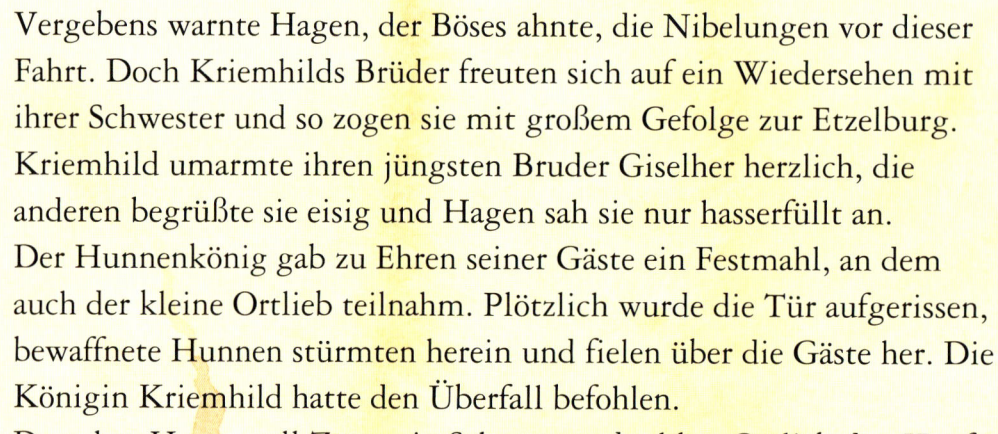

Rüdiger und alle mit ihm kämpfenden Hunnen fanden den Tod.
Aber die meisten Nibelungen lebten noch. Nun befahl Kriemhild,
den Saal in Brand zu stecken. Das Feuer loderte und der Festsaal wurde
zur Flammenhölle. Zuletzt waren nur noch Hagen und Gunther am
Leben. Gefesselt standen sie vor Kriemhild.

»Hagen von Tronje, ich schenke Euch das Leben, wenn Ihr mir ver-
ratet, wo der Nibelungenschatz verborgen ist«, sagte die Königin.

»Ich werde schweigen, solange noch einer von uns lebt«, antwortete
Hagen. Da ließ Kriemhild ihrem Bruder den Kopf abschlagen.

»Jetzt wissen nur Gott und ich die Stelle und keiner von uns wird es
Euch verraten«, sagte Hagen.

Rasend vor Wut nahm Kriemhild Hagens Schwert und hieb ihm den
Kopf ab. Ein alter Ritter rief entsetzt: »Welche Schande, dass Hagen
von einer Frau getötet wurde!« Er zog sein Schwert und stieß es
Kriemhild ins Herz. Tot sank sie nieder.

Der Mord an Siegfried war gerächt und Kriemhild hatte dafür mit
ihrem und dem Leben von Hunderten Unschuldigen bezahlt.

Von den Nibelungen kehrte keiner in die Heimat zurück.